TRUCKS
Activity Book!

Discover This Amazing Collection of Truck Activity Pages

COLORING BOOKS

Activity 1

FINISH

START

Activity 2

START

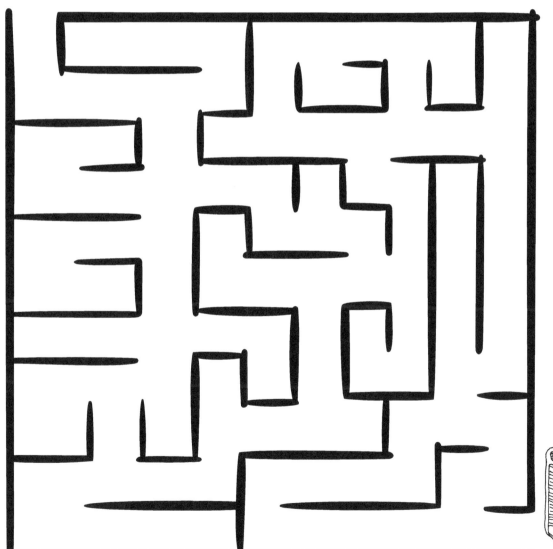

FINISH

Activity 3

START

FINISH

Activity 4

START

FINISH

Activity 5

START

FINISH

Activity 6

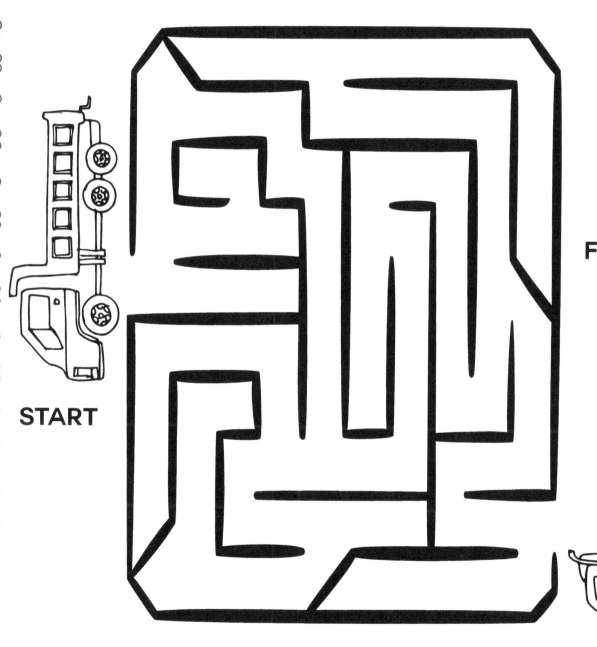

START

FINISH

Activity 7

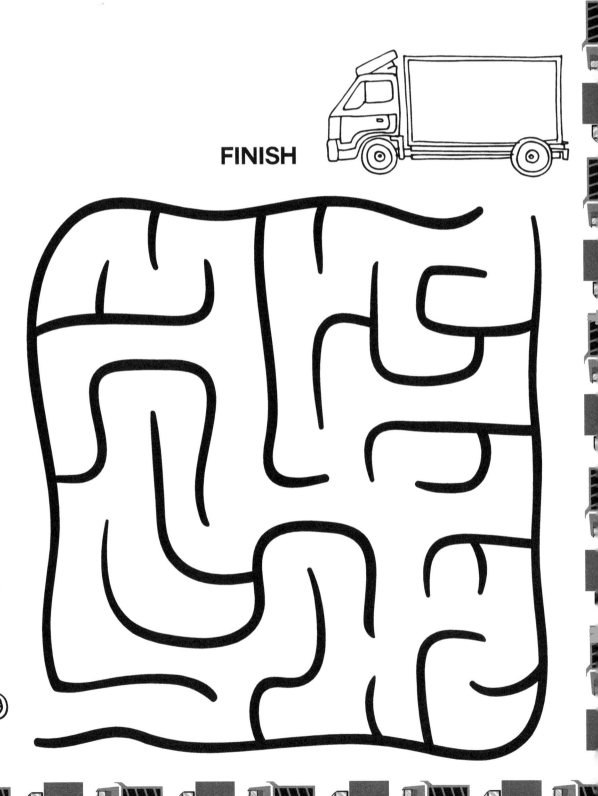

FINISH

START

Activity 8

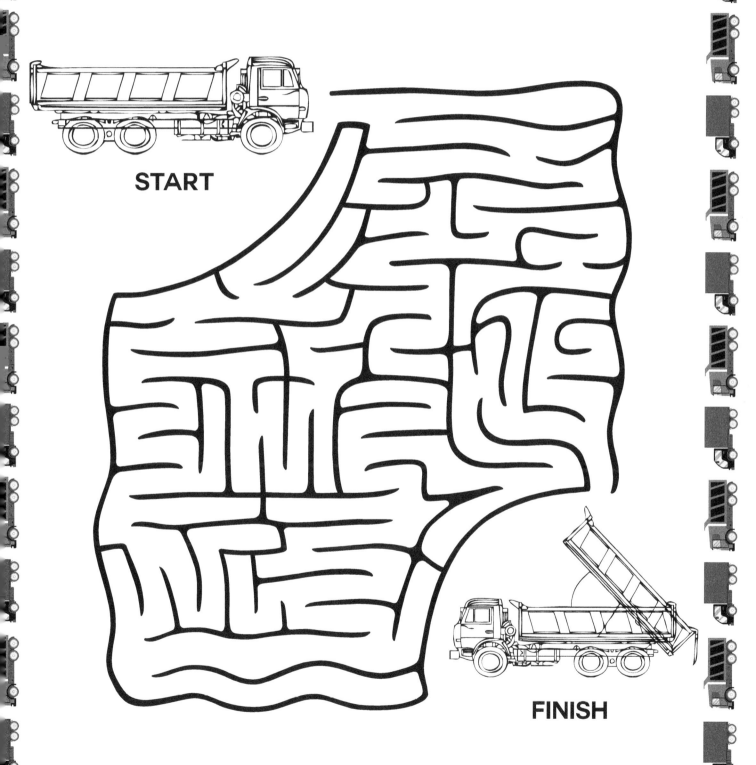

START

FINISH

Activity 9

START

FINISH

Activity 10

START

FINISH

Activity 11

START

FINISH

Activity 12

START

FINISH

Activity 13

START

FINISH

Activity 14

START

FINISH

Activity 15

START

FINISH

FREE

Activity 16

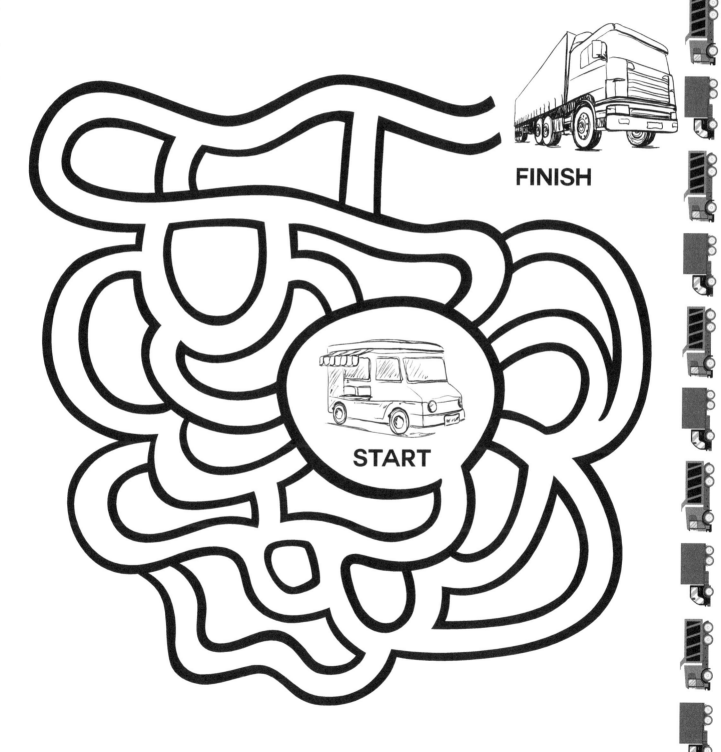

FINISH

START

Activity 17

FINISH

START

Activity 18

START

FINISH

Activity 19

FINISH

START

Activity 20

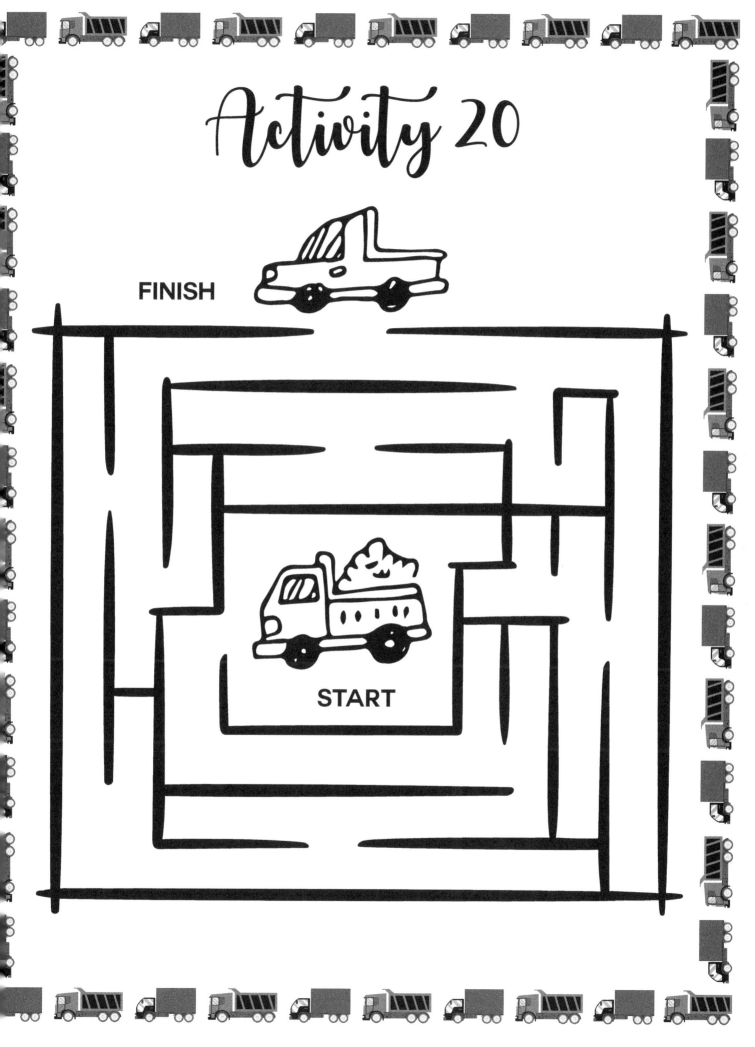

FINISH

START

Activity 21

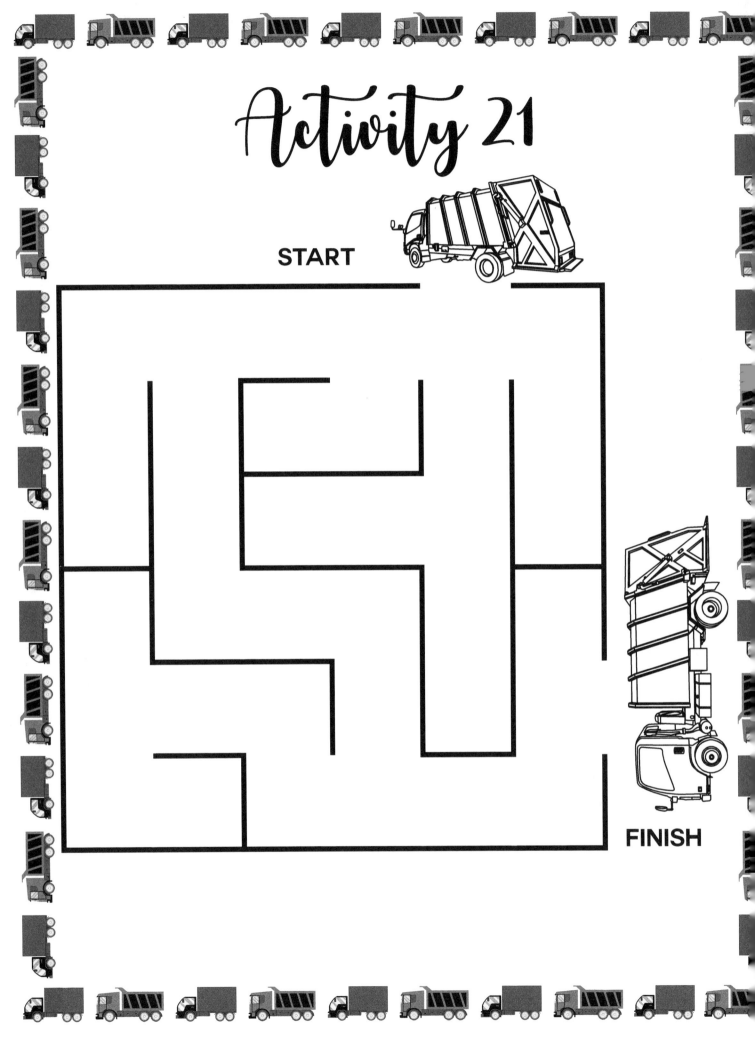

START

FINISH

Activity 22

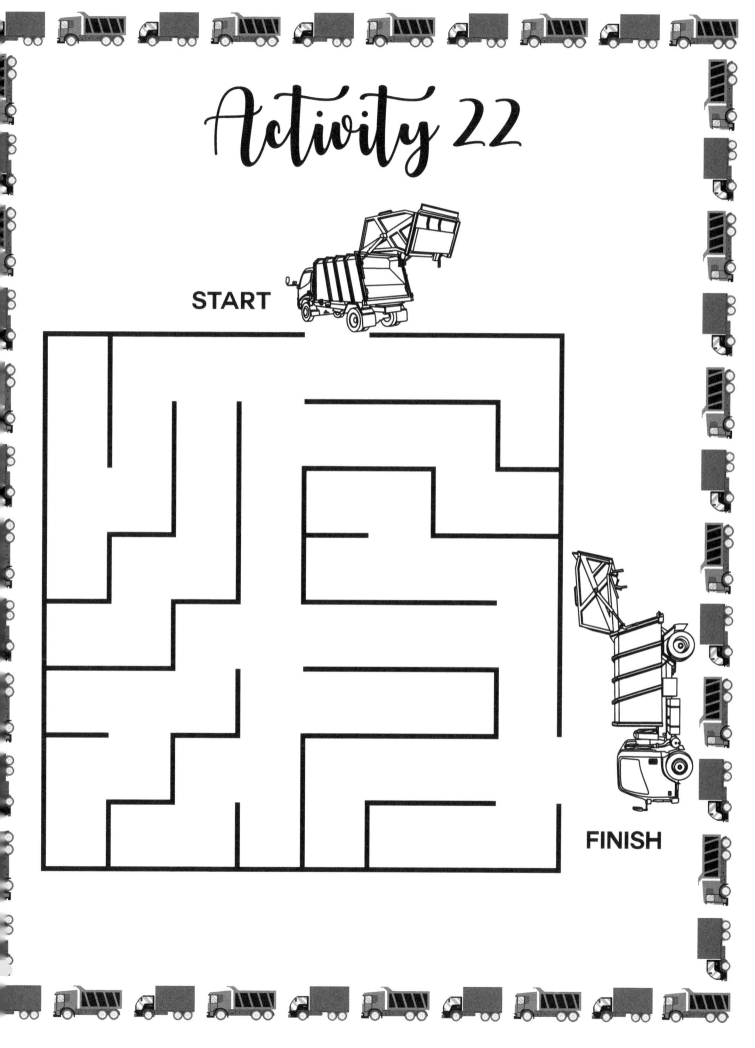

START

FINISH

Activity 24

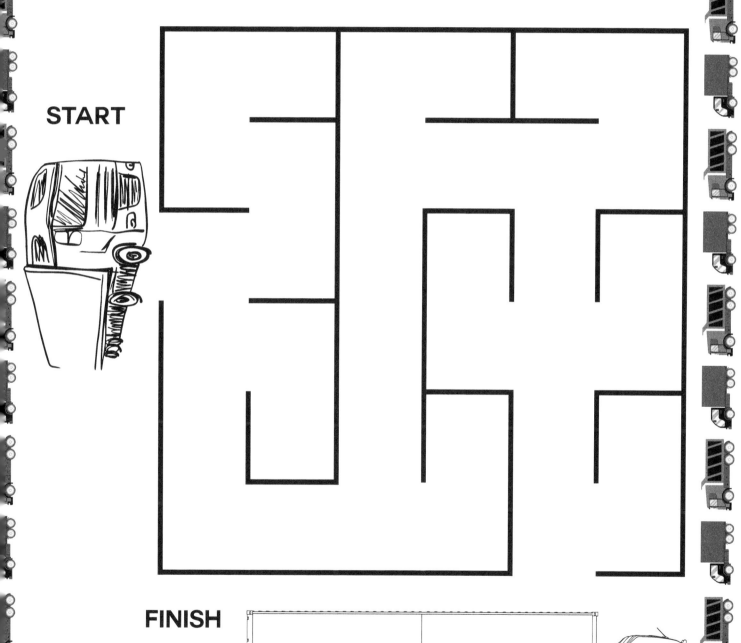

START

FINISH

Activity 25

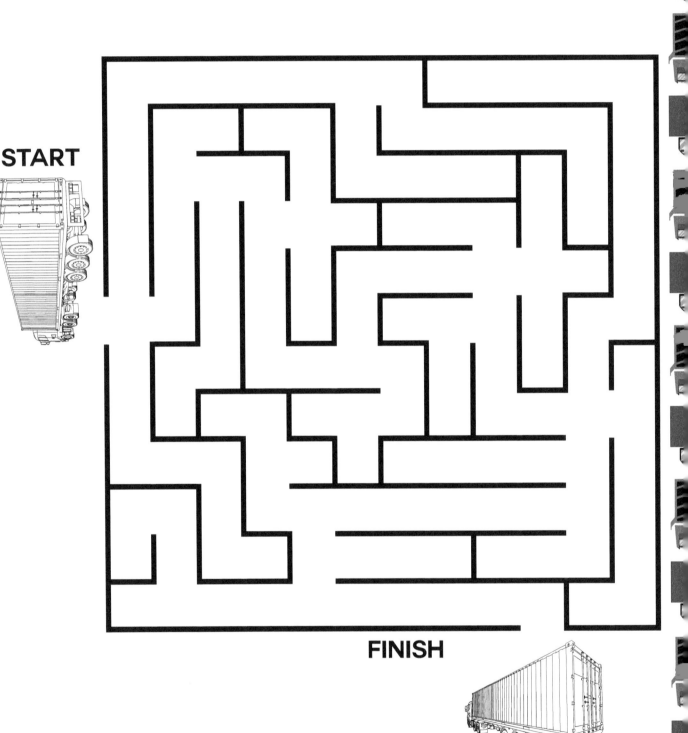

START

FINISH

Activity 26

START

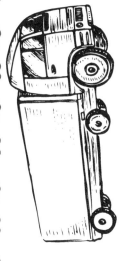

FINISH

Activity 27

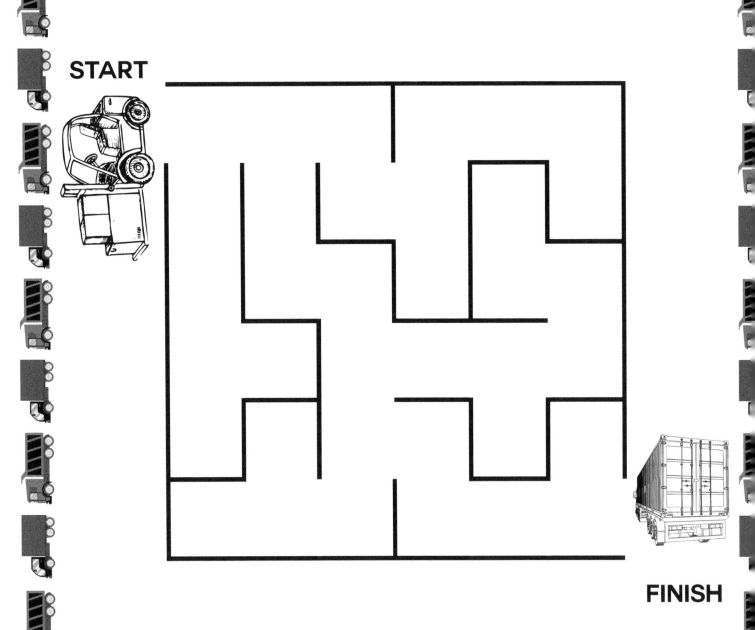

START

FINISH

Activity 28

START

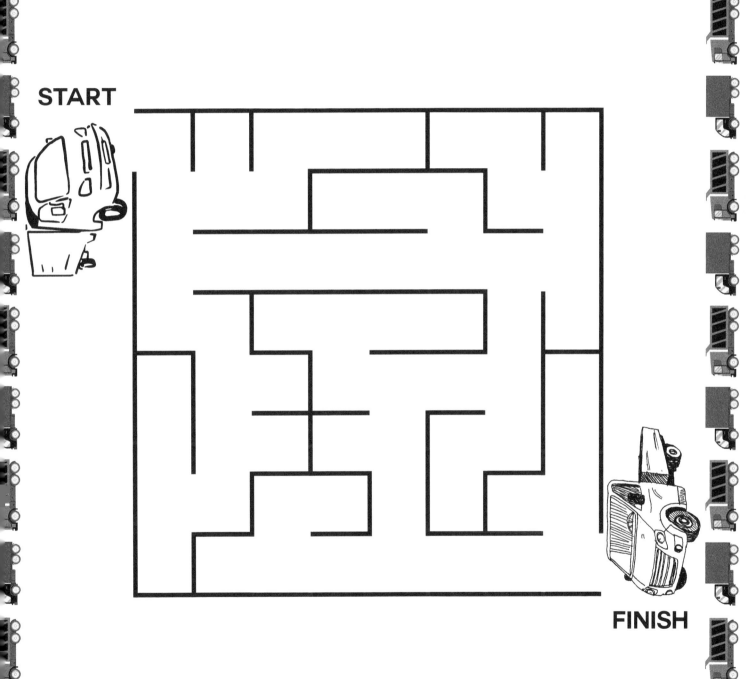

FINISH

Activity 29

START

FINISH

Activity 30

START

FINISH

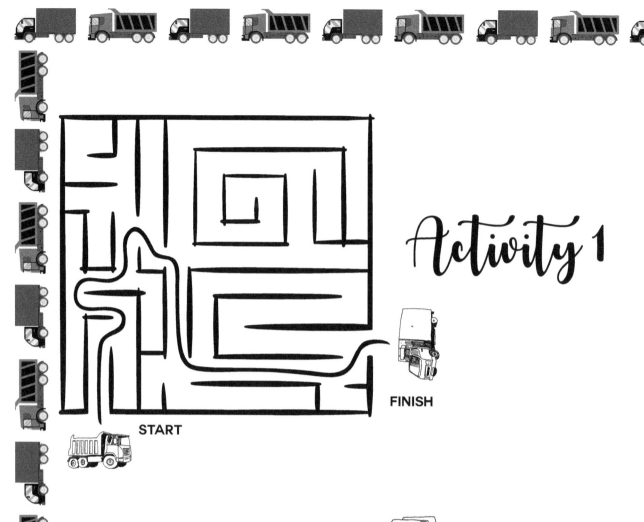

Activity 1

START

FINISH

Activity 2

START

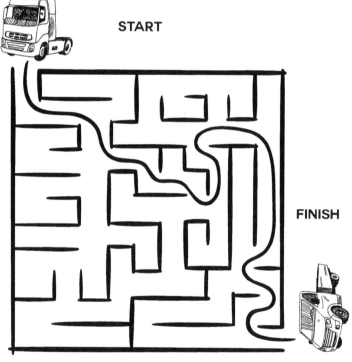

FINISH

START

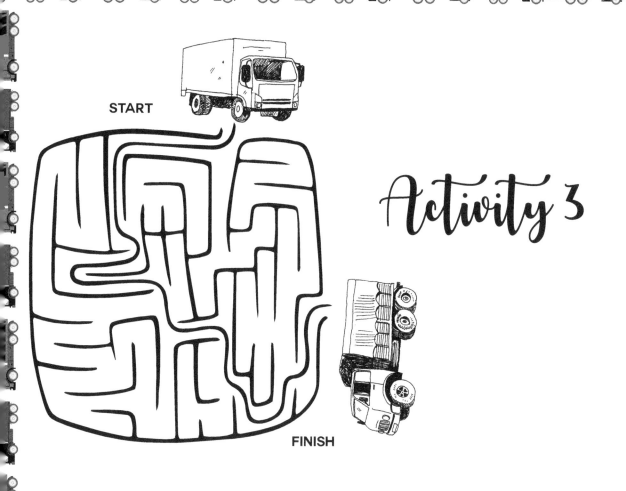

Activity 3

FINISH

Activity 4

FINISH

START

START

Activity 5

FINISH

Activity 6

START

FINISH

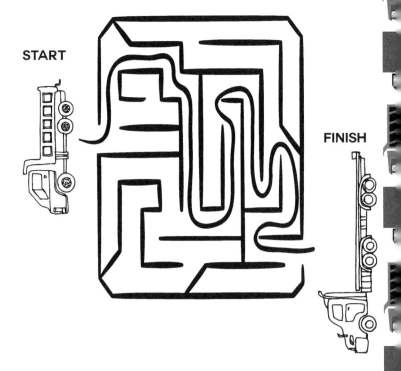

FINISH

START

Activity 7

Activity 8

START

FINISH

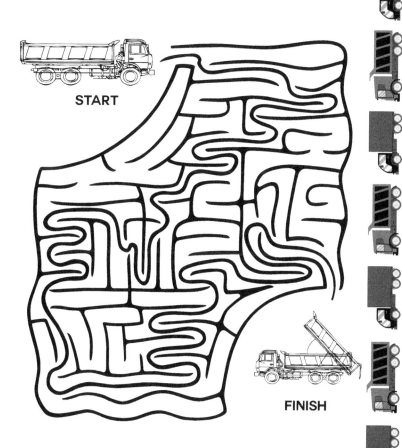

START

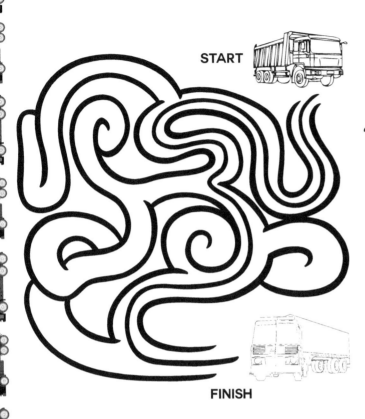

Activity 9

FINISH

Activity 10

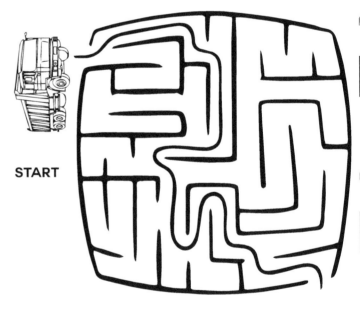

START

FINISH

START

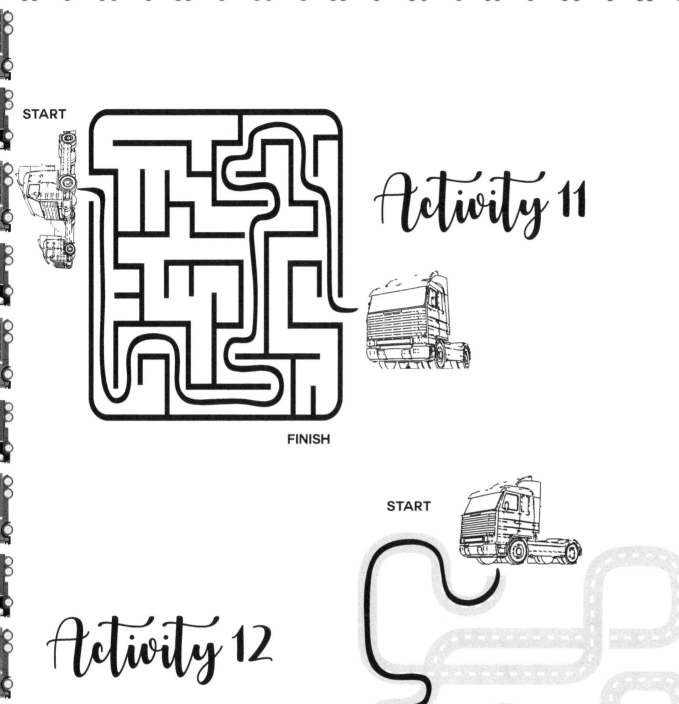

Activity 11

FINISH

Activity 12

START

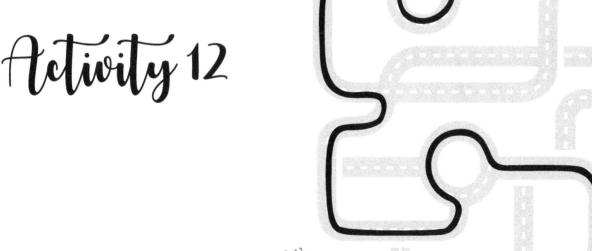

FINISH

START

FINISH

Activity 13

START

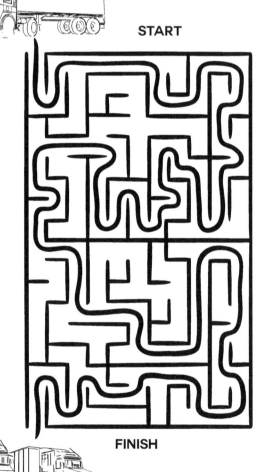

Activity 14

FINISH

START

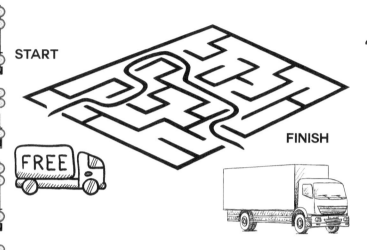

FINISH

Activity 15

Activity 16

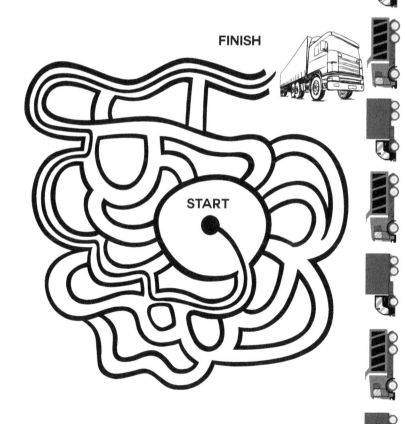

FINISH

START

FINISH

START

Activity 17

Activity 18

START

FINISH

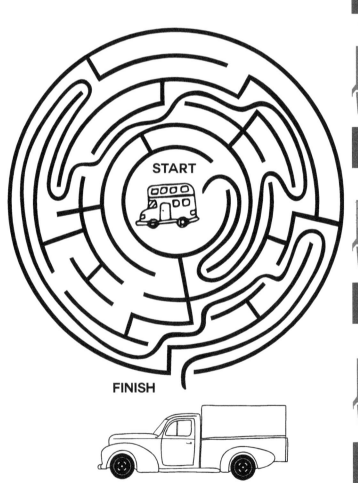

FINISH

Activity 19

Activity 20

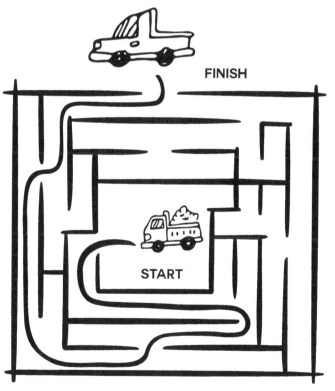

FINISH

START

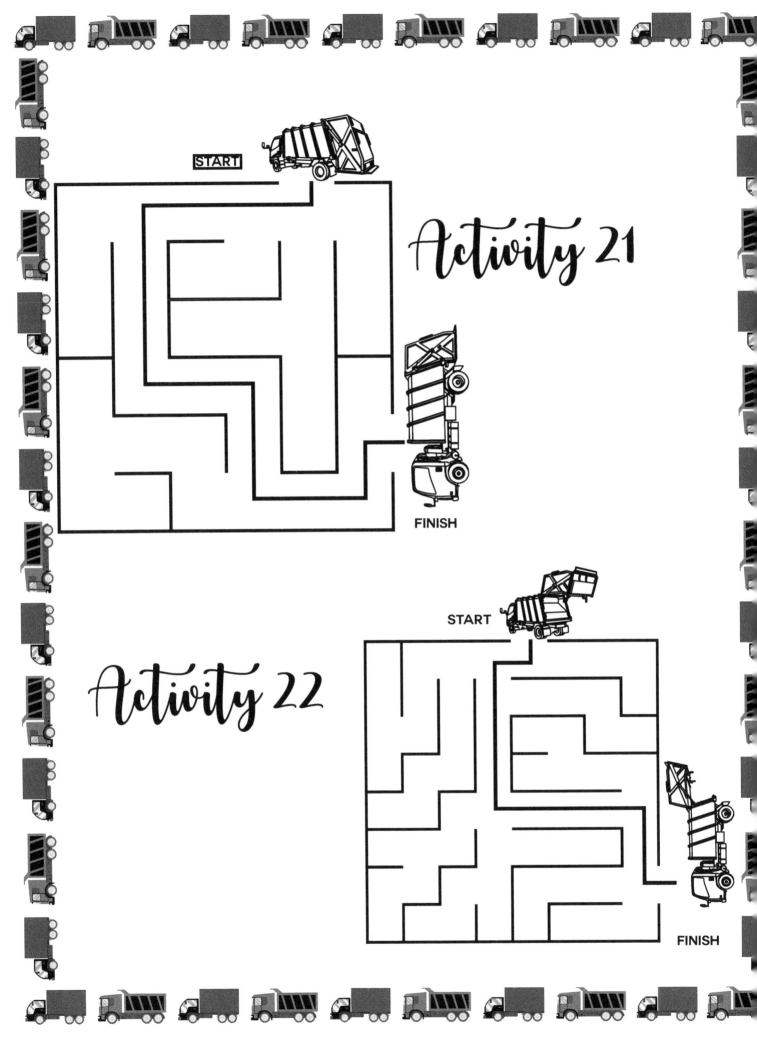

START

Activity 21

FINISH

Activity 22

START

FINISH

FINISH

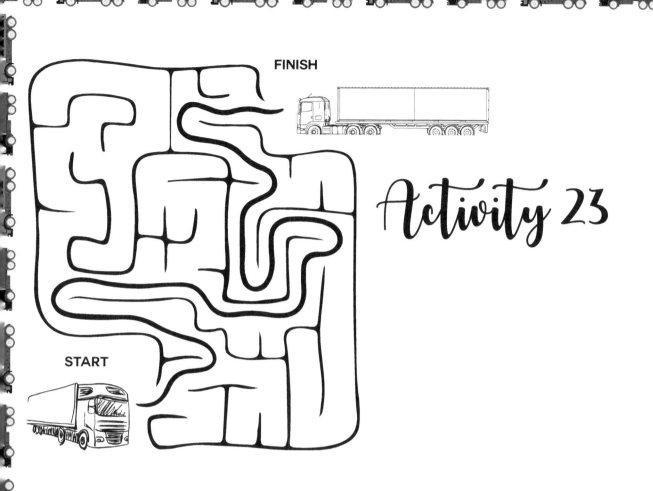

Activity 23

Activity 24

START

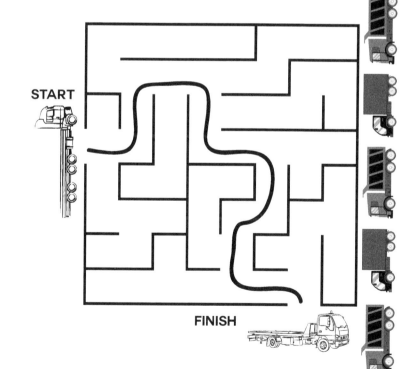

FINISH

START

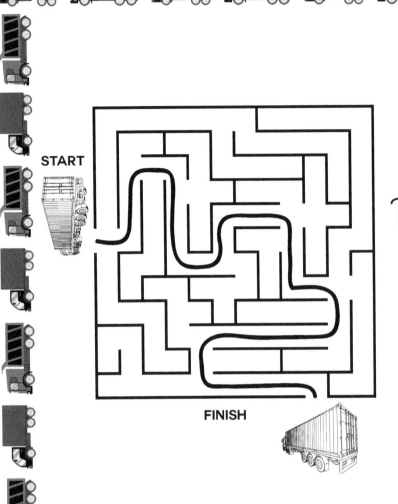

Activity 25

FINISH

Activity 26

START

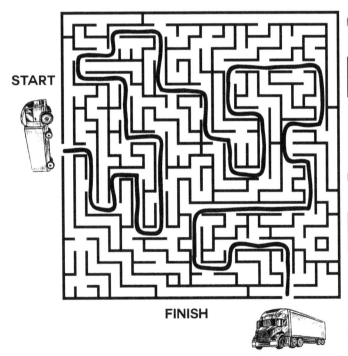

FINISH

START

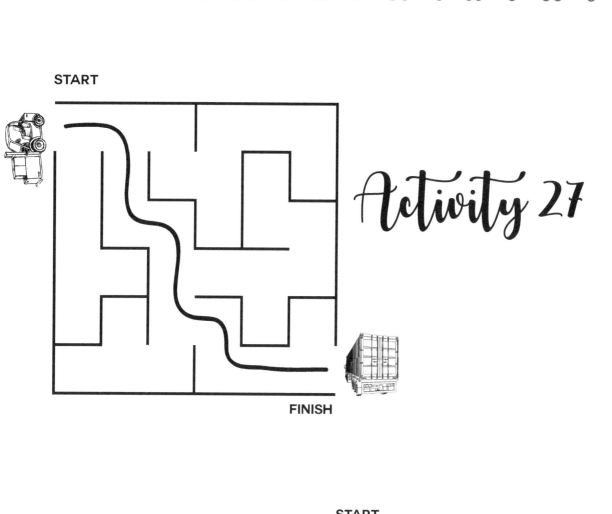

Activity 27

FINISH

Activity 28

START

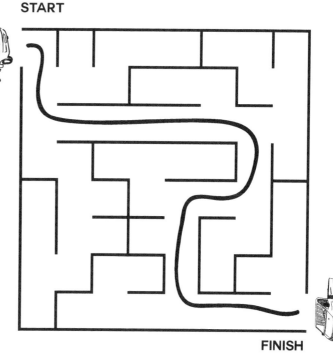

FINISH

START

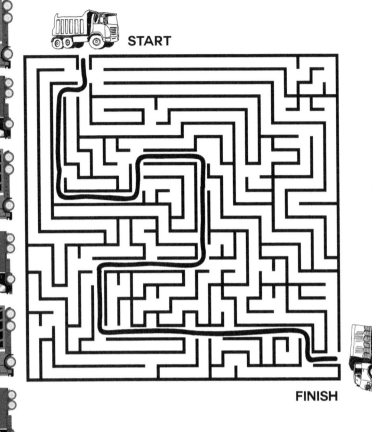

FINISH

Activity 29

Activity 30

START

FINISH